우리 푸른 가슴에

김정철 시집

옥탑방프로덕션

추천사

시인 김정철님, 축하드립니다.

컴컴한 미로에 갇힌 테세우스가

실 타래를 감으며 새로운 세상으로 나왔다.

오로지 손 끝의 감각을 더듬어 한 걸음씩 내딛는 것은 희망이었다.

'조현병'이란 미로 속에서 헤매다

시인은 언어의 실타래를 붙들었다.

시 한편 완성해낼 때마다

시인은 우리가 사는 세상을 향해 재활의 초석을 놓는

정원사의 심정으로 일한다.

때론 졸립고, 때론 생각이 엉켜도

천천히 그러나 끊임없이 시상을 풀어놓는 작업을 한다.

'우리 푸른 가슴에'를 여는 순간

조현병의 미로를 빠져나온 김정철 시인을 만나게 될 것이다.

정신과 전문의 이경숙

추천사

한번쯤 쓰고 싶어하는 시를 실제로 쓰는 사람은 많지 않습니다.
한번쯤 내고 싶어하는 시집을 내는 사람은 더욱 많지 않습니다.
그 많지 않는 사람 중의 한 사람
그는 김정철님입니다.

저는 매주일 그를 만납니다.
지금껏 한번도 찡그린 표정을 본 적이 없습니다.
항상 밝은 미소를 지니고 있습니다.

그가 시를 쓰고 있다는 사실을 알았을 때
몰랐기에 놀라긴 했지만, 의외는 아니었습니다.
시와 어울리는 사람입니다.

그는 말을 많이 하지는 않습니다.
언어는 부드럽습니다.
말은 친근합니다.

시집은 크지 않습니다.

두껍지도 않습니다.

빽빽한 글이 들어 있지도 않습니다.

시집은 여유가 있습니다.

사색하기 좋고 메모하기 좋습니다.

곁에 두어도 부담스럽지 않습니다.

'우리 푸른 가슴에' 시집은 김정철님을 닮았습니다.

저는 김정철님이 좋습니다.

그의 표정, 그의 신앙, 그의 글이 좋습니다.

포항성결교회 담임목사 권영기

작가소개

김정철 시인

저는 어릴 적부터 감수성이 풍부했습니다. 하지만 글을 쓸 용기가 없었습니다. 그러다 30세 즈음에 글을 쓰기 시작했어요. 약 스무살 때 조현병이 시작되어 30여년이 지난 지금까지 투병중입니다. 병으로 인해 아팠던 내 삶을 글로 표현했어요. 저는 글을 통해 사람들의 아프고 병든 마음을 치료하는 마음의 의사가 되는 것이 제 목표이자 꿈입니다. 앞으로도 열심히 쓰겠습니다.

우리 푸른 가슴에

김정철 시집

옥탑방프로덕션

목 차

세월

2010년 봄(히즈빈스 1호점 창가에서 쓰다)

요즈음 히즈빈스는

너무나 정겹습니다

40년 세월을 뒤돌아보면

저는 언제나 행복했습니다

지금 저는 히즈빈스에서

시를 이렇게 쓰고 있습니다

오늘은 출근길에 안개가 자욱하였습니다

내 마음도 새하얀 안개처럼 자욱하였습니다

먼 훗날 님과 함께 히즈빈스에서 카페라떼

한 잔 하면서 추억을 간직하겠습니다

여기에 사람의 흔적이 가득 하였노라고…

가을 빛 이야기

(2001.11.15)

Ⅰ. 마음이 머무는 곳에 기쁨이 있네.

가을 빛 하늘 아래

내 마음 기쁨 되어 머물고

낙엽 지는 길 거리엔

외투 입은 사람들의 발길 보이네

해 맑은 눈동자를 가진

어머니의 손길이 내 가슴에 와 닿고

어느새 새 하얀 미소가 되네

마음이 머무는 곳에 기쁨이 있고

당신의 노래있는 곳에 행복이 피어나네

오늘도 가을은

나의 가슴 깊이 와 닿아

젊음을 노래하고 겨울 빛 체온을 이야기하고 노래 부르며 지나간다.

*다짐의 말 및 좌우명

밝게 살자 - 거울보고 표정관리 하기(웃기)

마음을 강하게 먹고 부모를 공경하며 부지런히 살자.

가을빛 미소 머금으며….

(2006. 01. 16)

따뜻한 엄마의 가슴을
고이 감싸며 가을빛 미소 그윽히 머금으며
청명한 하늘을 노래한다

불혹의 나이가 다 되어가지만
나는 18세 소년

가을의 손자락 살포시 잡으며
대지의 뱃고동 들려 오누나

밤바다 포항 땅
내 고향 가을의 사랑

다가오는 새해의 복이 되기를 빌며
차근히 가을빛 미소 머금으며…

강물이 되어 흘러라

(1997. 04. 17)

친구여 고통이 있으면

강물이 되어 흘러라

친구여 마음이 괴로우면

강물이 되어 흘러라

이 땅의 한을 고이 안고

조용한 강물이 되어 흘러라

세상 모든 나의 이웃들이여!

언젠가 하늘에서 비가 내려

복잡한 세상의 어두움들이

소복소복 내려 강물이 되어 흘러 흘러….

겨울바다

(2010.01. 22)

갈매기 바다 위를 날으는
구룡포 겨울바다에 왔습니다

과메기를 좋아하시는
아버지가 생각이 납니다

아버지와 과메기 안주로 소주한잔 하실
외삼촌도 생각이 납니다

지금 저는 00교회 청년회
수련회에 왔습니다

자연에 내리신 그 분의
광택에 찬탄합니다

그리고 저는 무척 행복합니다

바다에 왔지만
겨울바다는 늘 그립습니다

고마운 정

(1997)

이 세상에는 좋은 일이 많다
너무나 아름다운 세상
그래서 나는 행복하다

고통의 언덕에 다다라도
기쁨의 노래를 부르며
행복하게 살리라

하루하루가 내겐 너무 소중하고
고맙다

언제나 웃고 살리!

글 쓰는대로 연필 가는 대로

(2000. 10. 08)

옛 것이 그리워. 옛 산이 그리워.

글을 쓴다. 흐르는 냇가에서 빨래하는 아낙네들.

짚신 신고 마실가는 할머니의 굽은 모습.

산마다 굽이굽이 내려오는 맑은 물 옆으로.

산새들 노래하고 벌레들 울어댄다.

특별히 갖춘 건 없어도 흰 옷 걸치고

살림사는 아낙네는 왜 그리 아리따울꼬!

새벽에 동녘 산 너머로 해가 웃으며 인사하더니

소치는 농부를 뒤로하고 해가 넘어가네.

조상들의 지혜와 예의 그리고 살아가는

방법을 오늘에 와서야 배우고 싶은 건 왜 일까?

아름다워. 이 동산에 자연이 베푼 진수성찬을

즐기며 오늘도 산 너머 해가지듯

한 노인이 극락세계로 함께 넘어간다.

글쓰는 자유

(2000. 07. 19)

비록 뛰어난 글은 못 쓴다 하더라도
나는 글 쓰는 자유가 있음에 감사 드린다.
내 몸이 둘이라면 하나는 생각하고
하나는 글을 쓰겠다…

나는 글을 사랑한다.
진짜 글을 좋다 한다.

뛰어난 재주가 아니라도
나는 글을 존경한다.

그것은 글에는 자유와 날개가 있기 때문이다.

이 글이 힘든 사람에게 날개가 되어 준다면 얼마나 좋을까?

길에서 노래한다

(2007. 01. 28)

산에서 태어난 고라니들
길에서 노래한다.

들판에서 뛰어 노는 송아지들
길에서 노래한다.

나는 순수한 그들에게 반했다.

안아 주고 싶다.
뽀뽀해 주고 싶다.

샘이여 샘이여 맑게 일어나소서
개들과 고양이들 사슴들이
목을 축이게 하소서

샘이여 길에서 노래하소서
나의 글의 샘터에 생명의 기운 솟아 오르소서
나의 글의 샘터여…

김밥과 아이스 카페라떼

(2010. 08. 17)

소풍가는 날
엄마가 김밥을 사 주셨네

대학 합격한날 아빠가
김밥과 아이스 카페라떼
한 잔 사 주셨네

그 맛이 얼싸해서
김밥과 아이스 카페라떼라네

교수님을 만나니
대학을 수석한 기분이네

어랏사
저번 학기에 내가
과수석을 했네

히즈빈스 카페지기 김정철이
이 글을 쓰다.

바라는 점.

정신과 환자이다 라고 생각하지 말아 주셨으면 좋겠습니다. 나의 형제 자매이다 라고 생각해 주셨으면 좋겠습니다. 대학을 다니고 싶어도 병으로 인해 못 나오신 분들이 많으시니 대학생 친구처럼 생각해 주셨으면 좋겠습니다. 브솔시냇가에 자주 와 주시면 좋겠습니다. 그래서 에너지를 많이 충족해 가시고 편견없는 포항시를 만드는데 일조해 주셨으면 좋겠습니다. 모두가 시인과 화가처럼 살아주셨으면 좋겠습니다.

꽃무늬 낙엽송

(김혜신 권사님께)

올해에는 태풍피해도

없었네요.

아름다운 수확의 계절

가을입니다.

풍성한 햇살을 쬐며

11월의 낙엽이 내릴 때에

우리들의 마음 밭은 꽃무늬로

가득하겠지요.

권사님! 늘 행복하세요.

정철형제 드림.

꿈의 대화(꿈과 인생의 과제를 바라보며)

(2010. 05. 20) 문지혜쌤의 클라이언트로부터

충청도 시골교회 목사님 따님이신 지혜쌤

한동대에서 꿈의 대화이루다

차한잔의 사랑과 버스안의 대화가

꿈의 세계로 가는 청사진

지성인이 되고파서 장애우들 돕고싶어서

정숙희 교수님의 제자가 된 사랑!

그리고 그 무언의 십자가!!!

클라이언트를 만나고 나서 hisbeans를 깨닫다

지혜쌤 고마워요^^!

나는 나를 사랑해

(2011. 05. 17)

인생은 아름답다

예술도 아름답다

긍정의 눈으로 보면 모든 것이 아름답다

그러나 인생도 예술도 그 무엇도

내가 나를 사랑하는 것 위에서 시작 된다

동해안의 바닷물처럼 투명한 5月 이다

우리들의 마음도 샘물이 흐르듯

맑고 시원하여라

여러분 사랑합니다

그리고 나도 나를 사랑합니다

나는야 행복한 마라토너

(2011. 08. 17)

나는야 외로운 마라토너

험난한 가시밭길 인생
뛰고 또 뛰네

내 마음의 여정 길
고독한 박수소리 들리네

뛰고 또 뛰네
이제는 나의 주님도
같이 뛰시네

나는야 외로운 마라토너
그래서 더 뜨거운 가슴이라네

이제는 제일로 행복한 마라토너라네

난 할 수 있어

(2000)

이 생의 배를 타고 삶이란 바다를

항해하고 있다.

엄청난 파도가 밀려온다.

때로는 순풍도 불어온다.

난 알고 있지!

어려움을 극복하면

기쁨의 순풍이 몰려온다는 것을

난 믿고 있지!

이 생의 배를 무사히 행복의

나루터에 댈 수 있다고.

난 느끼고 있지!

삶이란 빛이지 어둠만이 아니라는 것을

너무 쉽게 포기하지마.

우리의 인생은 너무도 진지한 거야.

깊이 패인 아버지의 주름살을 보며

나도 어른이 되어가는 거야.

자! 우리-

인생의 항해를 무사히 마쳐

행복의 나라에 갈 때까지

용기를 갖자고, 힘을 내자꼬...

날개

(2000. 06)

하늘 위를 비상하는 새들을 보자.
둥지 위에 살짝 앉는 새들을 보자.

날개… 포근한 단어이다.
내 몸에 그리고 내 맘에도 날개가 있다면
저 높은 산하를 날으며 오염되지 않은
곳에서 물고기도 잡아 먹으리라.

어두운 곳에서 방황치 말고 비상하자.
새가 되어 조국 산하를 날자.
그리고 꿈꾸자 아름다운 자유를 느끼자.
나도 날개가 있다면…

낮은 곳에 임하시는 주님

(2008. 10. 28)

낮은 곳에 임하시는 주님

저도 주님을 닮으렵니다

세상의 험악한 사람들로부터

지켜 주시옵소서

낮은 곳에 임하시는 주님

나의 마음 빛 속옷을 감추입니다

주의 성산에서

나를 새롭게 비추어 주소서

오늘밤 주님의 보혈을 생각하게 하소서!

내 마음 이슬되어….

(마음의 눈이 충혈되었을 때 읽으면 좋은 시. 1997. 04. 18)

새벽녘 온 누리에 안개가 자욱

어느덧 나뭇가지 사이로 해가 웃으며 떠오른다

아침 참새들아! 저길봐 초록색 풀잎들에

이슬이 송글송글 맺혀서 웃고 있지 않니

이슬은 잔디의 예쁜 초록색 잎들에

동화되고 내 마음 이슬되어

참새를 바라보는 새파란 잔디가 된다

내 마음은 물흐르는 강

(2001. 01. 19)

내 마음은 물 흐르는 강
글이라는 살아있는 고기가 노니는 즐거운 마음의 강

기쁨이 충만하고 행복이 꽃피는
내 마음은 즐거운 시내 같은 강

비가 오면 맑은 물결 넘쳐 흐르고
날이 개면 사랑과 믿음과 건강이라는 물고기들이
헤엄쳐 날아 다니는 즐거운 오아시스 같은 강

험난 인생길도 밝게 보며 밝게 살라고
이 강은 웃고 여유를 부리네

아름다운 강물이 행복한 마음을 유리알처럼
드러나게 하는 조그마한 오두막집 소년의 꿈

아무튼 나의 마음은 맑고 시원한 강물처럼
아름답다

내 친구 하늘아

(1997. 04. 15일)

무지개를 감싸 안은 푸른 하늘아
넌 내 마음을 알겠지

저기 저 아름다운 나무처럼
내가 푸르고 점잖게 살아라고
너는 나에게 이야기하고 있진 않니?

어린 아이들의 티없는 웃음소리처럼
나도 어둠한점 없이 밝고 싱그럽게만
살고 싶구나
내 친구 하늘아!

내가 가는 길

(1997)

노엽더라도 순수한 마음으로
눈밭을 별 밭처럼 생각하며
꽃밭을 시골 밭처럼 생각하며
착하게 살으리…..살으리랏다……

맑은 가을

(2006. 10. 09)

형산강 강 아래서 맑은 소리를 듣네

나는 어딘가 모르는 한잎 코스모스를 노래하네

예전부터 들려오는 가을빛 단 꿈 이야기

지금은 가을, 곧 있으면 국화도 피어 나겠지

산골짜기 산골짜기 시냇물 소리

엄마구름 아빠구름 아기구름 모두 모여

시냇물 소리를 듣네

맑은 가을을 찬양하네

내 조카들 학교 운동회 다 끝났네

나도 어릴 적 운동회에 참가 했다네

청명한 하늘 맑은 가을 이라네

구름 한 점 없는 푸른 하늘

내 마음이 들여다 보이는 투명한 계절

꽃잎으로 수놓아진 마음의 창가

정말 깨끗한 오후의 맑은 가을이라네

망양정 해수욕장에서

(2013. 여름. 울진에서)

노랗게 물든

아침태양이 바다 위로 떠오른다

맑은 파도소리에

아침잠이 달아난다

브솔 가족들의 기쁜

하루가 시작된다

우리는 모두 행복하다

넓은 바다의 가슴에

파묻혀서 그 수고를 배우자

어젯밤에 노래방에 간다고

한참이나 헤맸는데

하루가 지나도 추억이다

마당에 걸어놓은 우리 선생님들의

속옷이 조각조각 너무나 예쁘다

메뚜기(홍굴레)

(2010. 10. 09)

어릴 때 들녘에서 논에서 보았던 메뚜기
이제 다시 논으로 살아오다

메뚜기는 나의 화신
어릴 적 정희 엄마가
내게 메뚜기(홍굴레)라고 하셨다

노무현 대통령께서
언젠가 유재석씨에게 말씀 하셨지
메뚜기라는 별명을 가진 사람은
큰 인물이 될 징조라고

나는 그래서 이 세상을
마음껏 날아다니는 메뚜기라네

몽돌 해수욕장

(2011. 07. 21)

여기는 거제도이다

브솔의 가족들이
몽돌 해수욕장에서 수영을 한다

모래보다 더 맑고 깨끗한
돌맹이들이 가득히 있다

이해인 수녀님처럼 비닐에
정결한 돌맹이를 주워서 넣어 두었다

하늘 아래에서 농익은 거제 바닷바람을
가득 싣고 우리들 브솔 가족들이 태동하였다

나의 집은 포항이다
아버지께서 점심식사를 하셨는지 걱정이 된다

하늘나라에서 어머니께서 환희 웃으시리라

바다

바다내음 고요히
노적시는 12월의 하늘가

나는 어릴 적 살았던
포항 송도해수욕장에
찾아왔습니다

연 초록색 파도는
날 부릅니다
끝없는 수평선이 되어달라고
나를 계속 부릅니다

하늘처럼, 겨울 연처럼 맑고 푸른
그 바다는 나의 마음이었습니다

그래서 내가 행복했습니다

바다 위로 내리는 서시

파아란 바다

여름 빛 바다

보랏빛 하늘

나는 바다 위로 내리는 서시입니다

우리 집 가는 곳엔 철로가 있습니다

그 철길로 내 어릴 적 등굣길이 있습니다

비 오는 날

우산 살이 빠져 나온

우산을 쓰고 부끄러운 등교를 시작합니다

이 글을 쓰는 지금

어릴 적 추억이 스멀스멀 기어

나오는 듯 합니다

여름바다 위로 서시가 내려 옵니다

그리고 나는 웃습니다

*포항 남부초등학교 36회 동기회 회원 친구들에게

이 시를 바치는 바입니다.

밝은 봄

창문을 열고 4월의 태양을 맞이하자
매화꽃이 진지도 오래 되었다

저 멀리 하늘에서 예쁜 유니코들이
봄을 느끼라고 울어댄다

봄 봄 왠지 가슴이 뛰고
새 힘이 솟아 난다

아지랑이 피는 이 좋은 계절에
우리들의 마음에 한 송이 꽃을
심어두자

별빛속의 그대음성

(2010. 05. 08)

한동대의 정원에
새싹 같은 꽃들이 많이 있었습니다.

많은 학생들을 지나치며
나는 기뻐하였습니다.

오늘밤 별이 카네이션처럼
내 마음의 정원에 쏟아 지려고
할 것입니다.

하늘 위 별빛 속의 그대음성이
들리는 듯 합니다.

그녀를 너무나 사랑하여서
백설공주가 되어 내 곁으로
찾아 올 것이라고
주님께서 이야기 하셨습니다.

별빛 속에 빛나는 주님음성처럼….

보석글

(2006. 09. 24)

노무현 대통령님 내외분 해외 순방길

다녀오셨네

나의 떠오르는 마음의 글 터에

꾸밈없는 미소 한 모금 떠오른다면

더 없는 보석글이여라

청명한 가을 하늘 아래

푸르런 그 얼굴빛 사랑 그리고 종이배 하나

어머니와 함께 글 나라가 된다

꿈의 언어가 된다시의 노래가 된다

보석글!!!.....

보혈찬송

(2010. 02. 20)

글로써 하나님께 영광을
돌려 드릴 수가 있어서
행복하다

이 세상에서 제일 소중하신 분은
나의 구세주 예수님일세

주님! 십자가 보혈을
찬송 드립니다

나의 마음과 몸
늘 죄를 지으나

주님 나를 구속하셨네

그 보혈 찬송 드립니다

주 예수님 사랑합니다

봄의 멜로디

(나은영님께)

포항의 대학

한동대에 봄이 찾아왔습니다.

그것도 나은영님께

봄이 멜로디를 울리네요

비좁은 옥토에

내려진 햇살

창 밖으로 네모난 공기가 흘러 들어옵니다.

내 마음도 문 밖으로 열려 진 창 터

그곳에서 두 손 모아 기도 드립니다.

봄의 전령사처럼!!!

김정철 시인(올림)

사랑의 리퀘스트를 보면서

(2001. 06. 23)

고사리 같은 손으로
엄마, 할머니, 할아버지를
먹여 살리는 어린 소녀.

오빠의 병 때문에
시집도 못 가고 병간호를 하는 분

나보다 가족이나, 이웃을 위해 사시는
선한 나의 이웃.

나는 두 눈에 눈물만 흘린다.

나는 정말 부자다.

이 다음에 나이가 들면
그런 이웃을 꼭 돕겠다.

사철나무

(2010. 02. 01)

히즈빈스 매니저 이은혜님께

내 꿈속 연못 비단길

풀섶 돌아누운 외로운 항아리

봄의 비너스

여름 또 가을 겨울의 언덕너머

아리따운 나무의 요정

사철나무여

가을비 맞으며

즐거운 미소 산뜻하게 머금으며

겨울하늘 되었나

신항만 골짜기 넘어

굽이 닿은 한동대 히즈빈스

그곳에 예쁜 사철나무 있다네

그 이름 이은혜

시골길 시냇물

(1997. 04 18)

소가 움매하고 주인과 같이 걸어간다
그 옆에 시원한 시냇물이 시골길을
즐겁게 해주고 있다

아 아 내 마음도 저렇게 맑고
시원했으면!!

잠자리들은 날아다니고 매미들은 합창하며
자연을 찬미한다

우리들의 마음속에도 이런 시골길 옆
시냇물이 시원하게 흐르리 흐르리….

시원한 봄 햇살

(2011. 03. 24)

봄 하늘도 미소짓는
오후의 청솔 같은 시원함이여!

인문학 강좌 다녀와서
교수님과 대화하는 뿌듯함이여!

시원한 봄 햇살 맞으며
시월의 가을을 명상합니다.

하늘도 푸르고, 강도 푸르고,
꽃잎들도 푸릅니다.
그리고 나의 마음도 푸릅니다.

나는 너무나 행복한 브솔의
인문학 강사(교수) 입니다.

김지윤님 (귀하)

시 인

포항의 하늘 아래

파도치는 동해안

신선도 미소짓고

예수님도 눈물 흘리시고

비로자나불 부처님도 미소짓는

눈물의 고향

포항에서 살으리랏다

내 고향 포항에서

마음껏 사랑하며 살으리랏다

나도 포항의 시인이 되리라

나의 젊음 모두 바치리라

꿈이 설익는 꽃송이들

능선이 휘어진 들판

곳곳에 꽃들의 채색

꽃따라 새따라

언어의 비 내려온다

나도 포항의 시인이 되리라

아버지

(1997)

내가 갓난 아기 때부터 환갑이 지나서까지도
한시도 내 곁을 떠나 계시지 않고
나를 한없이 사랑하옵신 아버지!
나는 당신을 사랑합니다

남들처럼 잘 먹이고 잘 입히고
싶어도 생활이 어려워서 그렇게
못하여서 마음 앓이를 늘 하시던
나의 전부이신 아버지!
전 당신을 사랑합니다

저는 기운이 넘치는 젊은 청년이
되었지만…!!!!
아버지 아버지는 왜 자꾸 주름이지십니까?

더 잘해 드려야 할 텐데
더 잘해 드려야 할 텐데 라고
생각하면서도 그렇게 해 드리지 못하여서 정말 죄송합니다

아버지 당신은 나의 전부이십니다

아버지! 당신은

(2010. 01. 22)

아침에 아버지께서 모임에 간다고

아버지 본인의 용돈 13,000원을 주셨습니다.

나는 어젯밤에 야위어지신

아버지의 다리를 보며 마음속으로 울었습니다.

우리 가족을 위해서 헌신하신

아버지의 모습에 감동을 받았습니다.

몇 년 전 가족들 피서모임에서

아버지를 업고 개울을 건너가신 형님의 모습에서

또한 울음이 나왔습니다.

아버지! 당신의 나의 행복의 근원이십니다

-정철 올림-

어릴적 별하늘 1

나는 어릴 적 밤 하늘을 보면
별들이 너무나 많았습니다.

큰별, 중간별, 작은별
별은 나의 하늘이었습니다.

새벽녘 아버지는 양조장에 출근하시고
나는 부뚜막에 앉아서
엄마께서 밥하시는 모습을 보면서
동심에 젖었답니다.

지금도 우리는 밥을 짓는답니다.

그리고 행복합니다.

어릴적 별 하늘 2

(2001. 03. 27)

어릴적 밤 하늘엔
큰 별 작은 별 온갖 별들이
밤하늘 이 쪽 저쪽 어디서나 가득했다.

봄, 여름, 가을, 겨울
언제든지 별들은 나의 눈과 나의 마음에
크게 와 닿았다.
밤하늘엔 온통 별들이 가득하였다.
요즘은 하늘이 오염되어 별이 잘
안 보인다. 너무나 안타깝다.

그러나 나 어릴 적 밤하늘엔
별이 꿈속에도 가득하였다.

지금도 그 밤하늘의 별들의 모습이
환하다

어머니! 어머니! (어머니 추모시)

(2011. 04. 13)

나를 예쁘게 낳아주시고
42년간 키워주신 나의 어머니!
몇일 전 까지 만해도 같이 있으셨는데
지금은 눈을 크게 떠도 보이시지 않고

마냥 어머니를 떠올릴 뿐입니다.

주위의 사람들에게 칭찬을 많이 들었는데
어머니께서 안 계셔서 허전하네요.

주위의 사람들만 만류하지 않으시면
3년 상을 치러드리고 싶습니다.

어머니!!! 결혼으로 어머니의 사랑에
꼭 보답해드리겠습니다.

어머니 사랑합니다.

어머니 힘내세요

어머니 병으로 얼마나 힘드십니까?

한평생 자식 위해 다 바쳐 오신 일생
이렇게 누워 계시니 제 마음이 너무나
아픕니다.

어머니 사랑하는 나의 어머니
힘내십시오. 건강을 회복하시어
우리 3형제의 효도 다 받으십시오.

아버지와 함께
백년해로 하십시오.

어머니 사랑합니다.

엄마

세월이 준 엄마의 나이. 59세.

그러나, 아직도 여전이 젊을 때의 모습 그대로이시다.

얼굴에 주름을 지고 앙상해졌지만,

언제나 엄마는 세월을 넘는 것 같이 아름답다.

나에게 싫다 소리 한 마디 않으시고

신주단지 모시듯 정성껏 키워주신 나의 엄마.

엄마를 실망시키지 않을

건강하고 착한 아들이 되겠습니다.

사랑합니다.

영원한 행복은 브솔시냇가

브솔이여 브솔이여 꿈을 꾸자
브솔이여 브솔이여 노력하자

뿌연 안개처럼 고통스러운 세상에서
우리 밝은 세상 열어 나가자.

어느 누군가가 말했던가
행복은 존재하지 않다고

아닐걸! 영원한 행복은
브솔시냇가.

예쁜 아기 그리고 행복한 엄마 강현정

(2011. 07. 13)

날씨는 좀 덥지만
마음만은 촉촉한 이슬비처럼
포근하네요.

아기 엄마이신 강현정 선생님께
보송이 눈사람보다 더 맑은 아기가
태어나겠네요.

엄마의 즐거운 미소마냥
또는 아빠의 편안한 미소마냥
행복의 시소가 내려옵니다.

예수님의 이름으로 사랑합니다.
행복하고 시원한 순산하세요(아멘).

오늘의 밑거름은 내일의 디딤돌이 된다

넓은 들판에 못다핀 꽃송이들

힘들고 지치고 어려운 세상사

어떻게 이겨낼꼬

나는야 기도하며 감격하며 살으리…

세상의 깨끗한 이웃들이여 우리

악 없이 지냅시다

우리는 하나 끈끈한 힘으로

사랑의 나뭇가지에 수를 놓아

오설록 (제주도의 녹차밭 이름)

제주도의 비경
눈앞에 펼쳐진 18만평의 녹차밭

영원의 비밀
소중히 간직한 눈부심

비바람 속에서도
초록의 동산 펼쳐졌네

산새들의 봄바람은 작은 소녀의
앞치마처럼 다가오네

내 마음의 녹차밭이여

-내 조카 시안이를 생각하며-

옥계(하옥)계곡 따라서

마음의 짐보따리
관광버스에 싣고 다들
하옥으로 떠났다.

푸른 강물이 되고 싶어서
푸른 시냇가가 되고 싶어서
(계곡의 브솔시냇가가 되고 싶어서)

계곡으로 계곡으로 정겹게 떠났다.

대장 윤원종 선생님의 느긋한 미소
그리고 즐거운 정미리 선생님
그리고 행복한 박희애 선생님

이렇게 덩그러니 마음의
피아노 소리 들려온다.

만철쌤의 경험 풍부한 인도랑
브솔 개그맨 꽃미남 류현석쌤
대훈쌤의 애교 섞인 천심의 미소
삼열쌤의 환한 달빛 소나타

영희 선생님, 수민 선생님, 은경 선생님, 상숙 선생님의 따뜻한 미소,

시집간다고 웨딩 사진 찍으러 간
강현정 쌤 우릴 두고 어데로 가는지!

여름방학이라 집에서 쉬고 계실 정숙희 교수님!

우리들 걱정 짐보따리 사랑의 짐보따리로 바뀌는 걸
못봤나보다

물놀이 하면서 골인 제일 많이 한 만능 스포츠맨 임주용!!!
우현쌤! 수건 잊어버렸네!(어쩐담)
영규쌤!!! 물놀이 한다고 신경을 다 써서
안경 잊어먹고 버스에 올랐네.
성복쌤 버스 앞에서 얼굴에 귤빛 표정만 짓네.

오늘 밤에는 샛별이 우리들의 마음의 샘터에
쏜살같이 내려 오리라.

외로운 섬

(2011. 08)

불혹의 나이 넘으니
어머니 생각이 더 난다

아버지께서도 안 계시면 나는 외로운 섬
눈과 귀 저너머 세상에 두어도
나는 배고픈 나그네

서러운 마음 한 모습으로 떨어지는 눈물꽃
외로워 외로워 고별하는 섬꽃 나그네

희미한 불빛 너머로 주님이 기다리시네

나는야 나는야 고독한 시계, 찻잔 너머로
눈망울 떠오른다

예쁜 아기가 갖고 싶다

어떻게 해야 하나?

반달처럼 수박처럼 나는야 외치네

피로한 낙서 사이로 서녘 하늘이 보인다

여기를 봐 주세요

용서는 참사랑

(2010. 06. 22)

나 자신의 죄를

그리스도께 맡기는 사랑은 너무나

아름답다

그리고 나에게 실수하는 사람을

너그러이 용서해주는 사랑은

진실로 감탄스럽다

왜냐하면 나도 남에게 죄를 짓고

살기 때문이다

이 여름!! 용서의 은총 강같이 흘러라

병 증상은 죄의 개념과 다른 것 같다

병 증상의 구름을 걷어내면 또 다른 세계가 보인다.

행복!

우리 푸른 가슴에 1

(2006. 10. 12)

학교 운동장에 핀 꽃들을 보고도 느끼는 행복함이여
인생이라는 소중한 발걸음을 옮기며 노래 부른다

힘들 때도 있지만 그 때가 지나면 다가오는 기쁨의 순간이여!
그대의 이름은 행복

살다가 피곤하거나 괴로울 때 아버지,
어머니의 주름살을 보면
나는 힘이 솟는다
그래서 내가 행복하다

어두움과 슬픔이 복받쳐와도
기다림으로 다가오는 터널을 들어서면
밝아져만 오는 즐거움이여!
나는 노래 부르리라

나의 가족들이 나를 지켜주고 있어서

인생살이가 더 없이 행복하여라!

삶이 행복한 건 내가 삶을 사랑하기 때문이다.

긍정적으로 인생을 바라보자

행복이 그대의 이름이 되리라

저 하늘에 해가 다 질 때까지 영원히 푸르르자

우리 푸른 가슴에…

우리 푸른 가슴에 2

(2011. 10. 20)

그다지 위대하진 않지만

나는 푸르르다

초록빛 바닷물처럼

우리 푸른 가슴에

갈매기들 히즈빈스 4호점

동빈나루에 날아다닌다

죽음보다 더 아름다운 것은

생명의 예찬이다

보고싶은 나의 어머니처럼

우리의 코스모스빛 10월의 하늘

하늘이 참 맑다

우리집 담장앞에 핀 꽃

(2001. 05. 30)

어릴적 초등학교 다닐 때
우리집엔 개도 있었고
화분들도 많았다.

그러나, 여름이 되면 집앞 담장밑에
엄마가 심어놓은 채송화는
요즘 보기 드문 나의 꽃동무였다.

아스팔트가 아닌 땅속에
그것도 벽 앞에 심어놓은 노란
채송화는 나의 마음속에 고운 엄마의 마음을
심어 놓은 것 같았다.

잘 사는 집은 아니었지만,
우리동네에서 제일 보기 좋은 우리 집 벽
앞 채송화.
어딜봐도 아름다운 엄마의 속마음을
심어 둔 것 같았다.

그래서 그래서 나는 더욱 행복했었다.

임정택 히즈빈스 대표님

(2011. 10. 18)

고맙습니다~
반갑습니다~
안녕하세요~!!!

여기는 히즈빈스 입니다

늘 곁에서 칭찬하시는
그 소리를 들려 주시는

히즈빈스 대표님께
감사의 인사를 전합니다

대표님 할렐루야!
사랑합니다

불씨처럼 타오르소서

자연(티 없이 맑은 어린이들이 읽으면 좋은 시)

졸졸졸 맴맴맴

잠자리가 시냇가에서 노니는데

주위에는 울어대는 매미 떼들

여름은 푸르름이 무성한 생물들의

노래 잔치이다

삶에 찌들은 세상사람들 모두가 이

자연의 생그러움을 예찬하자

자유

(2000. 06. 10)

자유가 없는 삶은 고통스러운 삶일 것이다. 일을 할 수 있다는 자유, 공부를 할 수 있다는 자유, 음악을 고집하는 사람들의 자유. 사람의 삶에 자유란 아주 필요한 요건인 것 같다. 나는 종교에서(기독교) 떠나서 자유롭게 인생을 느끼며 산다. 운동도 하고, 공부도 하고, 교육도 받고, 가정도 지키고 산다. 친지들과의 만남속에 가족들의 소중함을 느끼고 산다. 아무에게도 구속 받지 않고 훨훨 날아다니는 새가 되고 싶다. 후생이 있다면 그 곳에서 엄마를 만나서 자유롭게 대화도 하고 싶다. 아버지 또한 만나고 싶다. 올해 32이다. 적은 나이가 아닌데, 나는 마음이 느긋하다. 세상이 복잡하지만, 행복한 사회라는걸 느끼고 자연을 가까이 하고 싶다. 더 이상 자연이 건설붐으로 파괴되는 것을 원치 않는다. 곧 있을 남북정상회담도 알고 보면 자유에 목말라하는 사람들의 신문고가 아닌가 싶다. 주위의 사람들이 나를 걱정한다. 그렇지만 나는 아무렇지도 않다. 나보다도 더 힘든 사람들도 행복하게 살아 가는데 난들 왜 못하겠는가! 나는 삶이란 징검다리를 잘 건널 수 있다. 건강한 인격체로 깨끗한 문화만 보고 자유스럽게 자유스럽게 살아 갈 것이다. 만사형통 될 것 같다.

전진호 선생님

(2011. 06. 20)

20대의 뜨거운 피
가슴으로 받아

포항의 동해바닷가에서
고요히 떠오르는 깨끗한 조약돌

언제나 아침으로 솟아나
저녁바람으로 돌아가 놉네

아! 아! 성당의 종소리 따라
아침의 여명 떠오른다

그래서 나는 전진호 선생님이 좋아라
정철 시인 형이!

제목 없음 1

(2000. 09. 10)

환자라기 보다는 건강한 젊음을 가지고

살았다는 이야기를 듣고 싶다.

아버지의 근엄함을 닮고 싶고

어머니의 정성을 배우고 싶다.

쾌락을 꺾어 버리고 고고한 한 마리의 학이 되고 싶다.

소심함을 버리고 대범해 지고 싶다.

조급함을 버리고 느긋해지고 싶다.

게으름을 버리고 부지런해 지고 싶다.

죽고 나서 위대한 인물이었다고 소리를 듣고 싶진 않다.

그러나 최선을 다하여 살았다는 소리를 듣고 싶다.

가능하다면 한 착한 여인의 남편이 되고 싶다.

뜨겁게 사랑해 주고 싶다.

종교인이 아니라도 종교를 초월한 철학을 갖고 싶다.

죽음보다 더 강한 순수함으로 더 없이 맑게 살고 싶다.

제목 없음 2

(06. 21)

오늘은 아침에 컴퓨터(엑셀)을 배우러 장애인 종합 복지관 셔틀 버스를 탔다. 이제는 아는 동생들도 많이 생겼다. 10시부터 12시까지 책을 보며 컴퓨터를 배웠다. 선생님께서 장애인이라서 힘이 드시지만, 좀처럼 내색을 않는다. 집에 오면 그 날 배운 것을 연습해서 좋다. 컴퓨터를 좀 알아야 취업되는데 도움이 클 것 같다. 마치고 버스를 타고 정신보건센터로 갔다. 가보니 요리요법을 열심히 하고 있었다. 식당에서 요리를 했는데, 나도 한 몫 도와가며 요리를 하고서 다같이 2시쯤 라볶이를 먹었다. 집에 가서 해보라고 그러시는데 그게 잘 안 된다. 청소 후 일지 작성 및 개별평가를 한 후 집으로 왔었다. 집에 오니 엄마가계셔서 좋았다. 지금은 TV를 보고 있다. 편안한 하루였던 것 같다.

즐거운 하루 하루

(1997)

인생은 향기가 나는 것

그것도 향긋한 향기가 나는 것

우리는 매일매일 새롭고 싱그럽게 태어날 것

어린이의 티 없는 웃음을 배우자

가슴엔 용기와 희망을 품고

즐겁고 보람되게 살자

이 삶을 다할 때 까지….

참 아름다운 날일세

(2011. 06. 27)

(이 글을 쓰면서 어머님 생각이 자꾸만 납니다)

장맛비가 무성하면 초 여름날

하늘은 먹종이 빛 사랑을

내리셨습니다.

오늘은 참 아름다운 날입니다.

오일장이 열리는 읍내로

버스는 떠납니다.

할아버지, 할머니의 주머니에

쌈짓돈이 솟아 납니다.

국밥 한 그릇씩 말아 드시고

예쁜 강아지도 두 마리를 사오셨습니다.

오늘 밤에는

작년 이맘때 소아마비로

먼저 하늘나라로 떠나보낸

작은 아들 생각이 나시나 봅니다.

(나는 이 글을 쓰면서 행복의 눈시울을 적십니다.

 오늘따라 어머님 얼굴이 보고 싶습니다.)

침착함

(2012. 01. 09)

아버지, 어머니께서 만드신 입으로
나는 고요히 이야기 한다

40년도 더 지난
인고의 세월
철학도 문학도 다 내 마음 속으로
흘러드네

이제는 가야지 이제는 가야지
시와 세월이 노을지는 밤 공기 속으로

나는 외쳐본다
우리 어머니 묻혀계신
산골짜기 숲속으로

침착함이 밤비처럼 묻어나네

천곡사 개울가

(2003. 06. 11)

(경화친구를 생각하며)

천곡사 개울가 지나는 우리 할머님.

송아지 아빠 소 따라 조용히 거니는 풍미.

아아 계절은 조용히 지나간다…

청양고추 매워져 가는 언덕배기 길모퉁이

작은 아씨 섬섬옥수 밭 매고 있나.

나는야 푸르른 젊음의 거리를

고요히 거닐며 꿈꾸는 천곡사 청년…

커피 한 잔의 추억속으로

(2010. 여름)

(한동대 SIFE 학생들이 부탁해서 지어준 시)

답답하고 막힌 일상속에서

우리 커피 한잔의 추억속으로

들어 갑시다

세계의 지성인들이 살아 숨쉬는

한동대 그리고 히즈빈스

이곳에서 낭만을 느끼세요

교수님들과 함께 선후배님들

편안히 즐기는 카페 히즈빈스에서

마음껏 대화를 나누세요

시와 음악 그리고 차 한잔의 사랑이 넘치는

꿈의 대화 나눠봅시다

코스모스 산책

(2000. 11. 03)

가을 늦게 피어있던 저 코스모스는
매일 보아도 고매하고 진지하여라

차분하면서도 말 없이 와닿는 여인의 미소처럼
아름다이 형형색색 피어있어라
너무도 고와라

해 저문 저녁단상에서 고개 조금 숙이고
말없이 주는 은은한 향

그저 미소만 지을 뿐
말 없이 인사를 하네

행복의 오솔길

(2011. 06. 12)

육거리 히즈빈스 2호점은

한 잔의 메밀국수

차 한잔의 여유속에

온갖 스트레스 숨어지네

겨울의 바람등살 속에

꼭 끼워진 소맷잎

달력이 한 장 한 장

넘겨질 때마다 은빛 저녁노을 불타 오르네

행복의 오솔길

황상원(황지현 매니저님 동생 분)

향기내는 사람들

(2011. 03. 08)

한동대 히즈빈스 2호점

육거리 중앙아트홀 향기내는 사람들

10년후의 포항광역시를 바라보며

여기 히즈빈스 2호점에서 주님과 차 한잔을 나누네

장애를 편견없이 바라봐 주시는

여러분들이 계시기에 우리 바리스타들은

언제나 행복합니다

글라디오라스 한 묶음을 가슴에 품고

육거리의 분수로 달려가서 웃음꽃 터뜨리네

우리는 언제나 푸르런 향기내는 사람들

화촉의 불 밝히면서

(강현정 선생님 결혼 축시 및 낭독)

(2010. 10.)

브솔시냇가의 사회복지사

강현정 선생님을 아내로 맞이해 주실

신랑 정승태님을 진심으로 축복합니다.

30여 년의 세월 속에서 녹아난 따뜻한 카페라떼

한 잔 같은 사랑을 진심으로 축복합니다

천고마비의 계절

따사로운 화촉의 불 훤히 밝히면서

양가 부모님들과 가족 친지 분들 여러 지인들 친구분들

직원 분들 시냇가가족들 교회 성도님들 그리고

소중하신 목사님께도 하나님의 평화가

강같이 흘러 넘치시기를 저의 시로 대신해서 기도 드립니다

오늘이 세상에서 제일 소중한 정승태, 강현정 파이팅!!!

강현정님은 정승태님에게 너무나 화사한 꽃사슴

히즈빈스 여기에!

(2011. 04.18)

나는 오늘 히즈빈스 1호점에
놀러 갔다 한동대학교가 그리워서
육거리에서 학교버스를 탔다.

히즈빈스 여기에!
사랑을 싣고 꿈을 싣고
미래를 싣고 꿈길을 거닐었다.

저번 주일날 별세하신 어머니를
생각하며 히즈빈스 1호점에
여행을 다녀왔다.

1년 안에 꼭 결혼하여서
어머니 그리고 가족들을
편안하게 해 드리리라.

김정철 선생님의 시집 출간을 축하드리며

항상 세상을, 다른 이들을 따뜻한 눈으로 바라봐 주시는
김정철 선생님의 시집 출간을 진심으로 축하드립니다.

김정철 선생님의 시에는 자신의 삶에 대한 진지한 성찰이,
세상에 대한 아름다운 시선이,
지금보다 더 나은 모습을 꿈꾸는 모든 이들에 대한
김정철 선생님다운 잔잔한 응원의 메시지가 담겨 있습니다.

그리고 주어진 인생이라는 시간을 나름의 최선을 다해 살아가는
우리 모두의 자연스러운 인생이야기이기도 합니다.

겸손함으로, 타인에 대한 배려로,
그리고 때로는 다시 일어서려는 용기로
우리에게 다시 시작할 소망을 갖게 해 주시는
김정철 선생님의 삶을 통해 참으로 많은 것을 배우게 됩니다.

이렇게 브솔시냇가의 새로운 한 역사가 되어 주셔서 감사합니다.
그리고, 시집 출간을 진심으로 축하드립니다.

정숙희 (한동대 상담심리사회복지학부 교수/브솔시냇가 시설장)

김정철 선생님의 이야기를 책으로 만들며

누구에게나 꿈을 가질 권리가 있습니다.
우리는 누군가의 꿈을 이룰 수 있도록 도우며 살아야 합니다.

김정철 선생님의 꿈을 이루어 드리고 싶었습니다.
그리고 이렇게 한권의 시집을 완성할 수 있었습니다.

어쩌면 작아보이고, 아무것도 아닌 것처럼 느껴지는 꿈들이
우리의 인생을 더욱 소중하고 아름답게 빛낼 것입니다.

시인의 꿈을 이루신 김정철 선생님의 도전과 용기를 보며
더 많은 분들이 저마다의 꿈을 이룰 수 있었으면 좋겠습니다.

저도 1인 출판사를 운영해 나가며,
더 많은 사람들의 꿈을 돕는 사역을 해나가겠습니다.

많은 사람들의 꿈이 이루어져
세상을 좀 더 환하게 비추는
열매가 맺어지기를 소망합니다.

이관형 (옥탑방프로덕션 대표)

우리 푸른 가슴에

김정철 시인

전자책 초판 발행일 | 2021년 1월 5일

종이책 초판 (POD) 발행일 | 2021년 1월 5일

글 | 김정철

디자인 | 이관형

펴낸곳 | 옥탑방프로덕션

신고번호 | 제2017-000004호 (2017년 2월 23일)

주소 | 서울시 강북구 한천로132길 80

연락처 | 010-9949-5595

이메일 | otbpd@naver.com

인쇄처 | 부크크

ISBN | 979-11-89679-24-8 (03810)

정가 | 15,000 원